감자의 멜랑콜리

감자의 멜랑콜리

이기성 시집

창비

차
례

제1부

010   너

011   종이

012   빵

013   기도

014   벽

015   종이

016   불행

017   상자

018   종이

019   창고

020   저수지

022   눈송이

023   불행

제2부

026   재단사의 노래

028   흑백사진

030   사탕 공장

031   고기

032   수치

033   싱크홀

034   눈의 아이

036   재단사의 노래

037   눈의 아이

038   흑백사진

039   식인의 세계

040   구두

042   불행

043   식탁

044   애도라는 외투

제3부

046   거미 여인

048   시인

049   한 시에 남아 있는 것

050   시인의 죽음

052   종이

053 낭독

054 천사에게

056 단식

057 한 사람

058 공회전

059 사탕

060 개를 모르는

061 여름의 불행

제4부

064 감자의 멜랑콜리

066 창고

067 전향

068 망각

069 아들들

070 우리 모두의 애도

071 편지

073 빵

075 전향

076 들판의 상자 속에는

077 청춘

078 불행

079 작별

080 해설 | 서영인

097 시인의 말

제 1 부

너

백년 후에 너는 사라지겠지.

사람들은 먼지라고 말하지만 어쩌면 너는 먼지도 아니겠지.

백년 후에는 종이가 남고 글자는 사라지겠지.

사라진 너는 이름도 없겠지. 백년 후에는 풀과 벌레들이 있겠지.

벌레는 글자를 갉아 먹고 검은 글자를 닮은 풀들은 여전히 풀처럼 있겠지.

그리고 모르는 네가 있겠지. 풀처럼 네가 없는 노래를 영영 부르겠지.

종이

그가 죽자 평평하고 납작해졌다. 종이처럼 보였을 것이다. 그가 남긴 것을 입에 넣는다. 커다란 호주머니 속에는 달고 진한 것이 많이 남아 있다.

이렇게 환하고 단 것들 뒤에는 도무지 뭐가 있을까. 그가 시인이었다는 것이 생각난다. 그는 단것에 대해 쓴 적은 없지만, 그것은 바스라진 채 종이 위에서 굴러다닐 것이다. 검고 못생긴 것이 끈적끈적 이빨에 달라붙을 것이다.

그가 이렇게 아름다운 단맛 속에서 죽었으면 좋았을 것이다. 지나가는 어린 연인들처럼 손을 잡고 입을 맞추며 연민과 증오를 차례로 배워갔더라면

결국 남은 건 이토록 모호한 단맛뿐이라고, 그는 한숨지었을까. 여전히 햇빛이 따갑고 그의 혀에 남은 것이 검은 글자가 아니라 단맛이었으면. 그리고 그건 시를 읽는 것처럼 들렸을 것이다.

빵

거대한 화덕에서 우린 빵처럼 부풀어 오릅니다, 이렇게 말하면서 당신은 꿈속을 걸어 다녔어요.

빵은 검은 침묵에 가깝고 어쩌면 깊은 밤과 같지요. 그러니 오늘 우리가 흥겹게 먹고 마시고 떠들며 웃는 것은 밤의 한쪽이 보이지 않기 때문일 거예요.

당신의 꿈이 고요한 빵과 같다면 좋을 텐데 말이에요. 그러면 아득하고 헝클어진 밤의 머리카락 사이에서 기억이 반짝이는 이중창을 들려줄 텐데……

커다란 접시를 들고 빵을 기다리는 사람들이 있고. 나는 빵에 대해 많은 것을 알게 되었지만 그걸 말하지는 않겠어요.

빵은 계속해서 부풀고 불빛 사그라드는 화덕처럼 밤의 한쪽이 천천히 어두워지고.
나는 오늘 당신과 영원히 함께하기로 결심했어요. 그리고 빵을 뜯으며 조용히 울었어요.

기도

새벽에 발 앞에 굴러온 기도를 주워 들었어요. 조금 전에 빙판을 뒹굴던 노파의 것이었지만, 노파에게 기도를 돌려줄 생각은 없었어요. 기도는 목이 쉬었고 못생긴 새처럼 기다 란 얼굴을 가지고 있었지요. 기도라는 건 이렇게 생겼구나, 하고 생각했어요. 얼마 전에 노파가 광인처럼 떠도는 걸 봤 어요. 침을 튀기며 분노한 듯 보였지만 금세 침울해지더니 종이상자에 기대 졸기 시작했어요. 나는 주머니에 구겨진 기도를 넣고 걸어갑니다. 아무리 걸어도 어제의 길이 아니 라서 도착할 수가 없네요. 이봐요, 당신의 기도를 훔친 건 내 가 아니에요, 이렇게 써놓고 오늘 밤엔 기도를 좀 해볼까 합 니다.

벽

벽에는 푸른 하늘과 연못과 물고기도 있고 눈이 내릴 것이다

벽에는 아이가 살고 아이는 혼자 못가에 앉아서 물고기를 보고 눈이 쌓인 밤엔 빨간 물고기 금 간 벽으로 흘러나가고

벽 속의 남자는 침묵을 하고 간장독처럼 늙은 여자 짜디짠 눈물을 흘리고 마지막 남은 벽이니까 그림을 그리는 건 어때? 아이가 말한다

물고기와 눈과 사람이 그려진 벽이 헐리기 직전 벽 속의 남자는 침묵을 밖으로 던진다

깨진 벽돌처럼 비스듬히 날아오는 그걸 보며 누군가 소리친다

놀라운 일이야, 저 속에서도 행복이란 걸 생각하다니

종이

종이를 버리고 오랜만에 거울을 봐요. 나는 젖은 손가락을 많이 가지고 있어요. 하얗게 부풀어서 누군가의 슬픔처럼 내게 들러붙어 있어요.

종이를 버려도 비는 그치지 않고 손가락은 다섯개 여섯개…… 검은 얼룩처럼 종일 쏟아지는 비. 이해와 슬픔은 같은 말인가요? 누군가 이해할 수 없다는 듯 고개를 저었어요.

물 위에 둥둥 떠 있는 팔과 다리와 얼굴 그리고 손가락들. 그것을 들여다보니 갑자기 당신의 이름이 생각났어요. 얼룩진 종이를 버리고 물 위에 그것을 씁니다.

불행

오늘은 구두를 샀습니다. 그리고 지금은 당신에게 말을 하고 있지요. 가만히 보면 텅 빈 신발은 점점 커지는 것 같습니다. 어쩌면 나보다 집보다 세계보다 커질지도 모르겠습니다. 이 밤에 검은 구두를 신은 발은 멀리 가겠지만 지금은 아주 조용하군요. 조개껍데기 구름 깃털 잘린 귀 금강석 깨진 창문 어쩌면 파란 사과처럼. 구두를 사고 나는 불행한가요? 당신에게 묻고 있는 중이지요. 발끝에 조금 차가운 것은 당신의 노래입니다.

상자

 네가 준 상자는 검은색이다. 들판에 놓여 있기엔 너무나 검은 것인데. 그날의 일에 대해서는 말할 수 없다. 지나가는 자동차가 보인다. 손을 흔드는 것은 누구일까. 오래된 것들을 창밖으로 던져버리고 달려가는 차들. 하얀 옷을 입은 여자가 들판에 누워 있는 걸 알지 못하고. 털 빠진 강아지나 고무인형 바람 빠진 공처럼 조금 더 구르다가 멈추고. 나는 젖은 몸을 말리기 위해 상자 안에 들어간다. 사람들은 이곳을 초록이라고 부른다.

종이

자꾸 단것을 생각한다. 그에게 단것을 먹이고 싶다. 나에게도

그건 생일의 아침에 어울리는 맛일까

가난한 여자들처럼 모여 앉으면 조금씩 닮은 곳이 보여서

자꾸만 금 간 거울이 생각나고 하지만 다시 보고 싶지는 않고

입속 가득한 단맛은 결국 슬프고 너무 무거워서 뱉을 수도 없으니

그에게 먹일 것이다. 아무것도 알지 못한 채로 눈을 감고 나란히

접시 위에 남은 건 하얗게 굳어버린 글자들, 어제의 영원한 단맛들

창고

　요즘 생각하는 일이 많아졌어요. 파란 공작새 혹은 뿔닭의 안부도 궁금하고 동백림의 사람들은 어떻게 되었는지, 아마존의 악어, 나무늘보의 기다란 팔, 소금호수와 얼어붙은 시베리아도 생각합니다. 찢긴 삼베옷과 세이렌들, 자줏빛 목단과 흰 까마귀, 남십자성, 늙은 좌파 시인처럼 사라진 동물과 분홍의 어린 발톱을 생각합니다. 새의 발가락처럼 검게 오그라든 영혼. 해변에서 당신의 얼굴에 바람이 불던 일. 그리고 아직 아무에게도 말하지 않은 그 무언가를 오래 생각합니다. 그것은 크고 검은 창고에서 할 수 없는 일이에요.

저수지

그러니까 여기란 말이지?

달빛 가득한 입으로
움푹한 곳을 가리킨다

불을 피운 흔적들, 그을린 뼈들, 검은 얼굴들
그런 것은 없는데?

검푸른 밤이 고여 있으니
몸을 던질 수 있으려나

흰 물고기처럼

더 깊은 곳으로
팔을 저으면

멀리
너의 입에 가득한
흰 달빛

밤의 종이 위에

눈송이

밤길에 어울리는 것처럼 그것이 나타났어. 김을 내뿜는 기차처럼 생기지는 않았지만 검은 그림자처럼 가볍게 빠르게

밤의 도로는 번쩍이고 하지만 달려서 갈 수 있는 곳이라면 두개뿐인 다리를 다르게 사용할 수도 있지. 너는 바람처럼 오토바이를 탔지만 저 끈적한 도로에 들러붙은 건 흰 맨발일까 시간의 그림자일까?

짐칸에 실어놓은 국수가 식고 있어. 그건 식기 전에 배달되어야 하는데. 갑자기 어디로 사라진 거야? 목을 쭉 빼고 기다리고 있잖아. 달려서 갈 수 없는 곳에서 다리가 무슨 소용 있을까?

눈송이 가득한 밤하늘에 전화벨이 울리기 시작한다. 목 없는 기사처럼 빈 오토바이가 모퉁이를 돌아 달려오고 있는데 말이야.

불행

불행을 찾아다니는 여자의 이야기입니다. 나는 여기에 불행을 찾으러 왔어요. 하지만 그건 너무 멀군요. 발이 없는 것이 불행인가요? 발 없는 불행이 너무 빨리 달아나서 나는 그걸 잡을 수 없어요. 불행의 얼굴을 보게 된다면 무슨 말을 할까요? 당신이 나의 얼굴을 기억하지 못하듯 나는 불행의 얼굴을 기억하지 못할 거예요. 하얀 셔츠를 입고 세숫대야에 머리를 박고 비누로 머리를 감는 남자는 불행을 모른다고 합니다. 나는 수건을 들고 그가 세수를 마칠 때까지 기다려요. 영혼의 귓바퀴에 묻은 거품을 소중히 닦아주고 우리는 함께 불행을 찾으러 갑니다.

제 2 부

재단사의 노래

그 버스는 오래전에 떠났어
아이와 노인과 슬픔을 실은 버스가 떠났어

거미처럼 종일 실을 잣고 밤엔
그걸 다시 풀어내느라 알지 못했어

앙상한 팔과 다리가 다 닳아서
한줌의 재가 남았을 때

흰 실에 칭칭 감긴 채
검은 밤에 잠긴 흐릿한 얼굴

자정의 버스에는
아이와 노인과 슬픔이
서로의 손을 꼭 잡은 채 잠들어 있어

입안 가득한
재의 맛을 알지 못한 채

너는 밤새도록 실을 잣고……

어떤 노래는
하얀 실처럼 끝없이 흐르고

그것은 네가 지어놓은
잿빛 수의처럼 빛난다

흑백사진

언니는 식모가 되었다. 언니는 시인이 될 줄 알았는데, 어릴 적에 언니는 아름다운 귀걸이를 하고 김추자의 노래와 반짝이는 걸 좋아하던 언니. 버려진 천 조각을 꿰매서 밤새도록 길고 긴 이야기를 만들었는데, 어느 날 꽃나무 아래서 긴 편지를 쓰고 식모가 되었다.

그건 오래된 이야기라고 당신은 말할 테지만, 당신의 하품 속에 숨어 있는 건 고무창을 댄 구두를 신고 뜨거운 아스팔트를 걸어가던 시절의 노래는 아니지만,

어쨌거나 식모는 좀 외로운 단어인 것 같아. 손톱 끝 벗겨진 빨간 매니큐어처럼 희미한 근대의 냄새를 환기시키잖아. 평화시장 옥상에 올라가서 진짜 시인처럼 희고 딱딱한 별을 바라본 적도 있었지만 말이야. 스테인리스 미싱의 광택에 일그러진 얼굴, 시멘트 담장에 숨겨둔 편지, 검게 탄 입술의 노래를 모두 아는 건 아니니까. 식모는 이제 시인처럼 잃어버린 말이 되었으니까.

하지만 언니는 시인보다는 식모에 어울리고 식모처럼 내가 모르는 무수한 비밀을 가졌고 식모처럼 폐허를 알고 식모의 탄탄한 팔과 검은 주근깨는 언제까지나 아름답고. 언니는 식모가 되었고 우리는 그 사실이 부러워 언니에게 길

고 긴 편지를 쓴다.

사탕 공장

사탕 공장이 무너진 것은 극장이 문을 연 다음 날이다. 극장의 문은 컴컴하고 어둠으로 빨려 들어가는 동굴. 아이들은 덜덜 떨면서 홀린 듯 달려갔다. 달콤한 사탕처럼 영화는 끔찍하고 아름다웠지. 목 없이 잘린 몸들이 돌아다니고 글쎄, 귀신도 사탕의 맛이 그리운 것일까?

공장에서 퇴근하는 아이들 도시락통을 빙빙 돌리면서 휘파람을 불었는데. 검은 나뭇잎 사이 밤새 반짝이며 흔들리는 입술들. 이제 당신이 말할 차례인데?

사탕 공장이 폭발할 때 나는 신발을 고치고 있었지. 신발을 신어야 공장으로 출근을 할 수 있었거든. 고개를 들었더니 세상에, 세상이 고무 밑창처럼 끈적끈적하게 녹아내리고

그런데 사탕은 둥그렇고 못생긴 지구 같지 않니? 아이들은 웃으면서 뜨거운 지구를 끌어안았지. 그다음은 사탕 공장과 결혼을 하고 아름다운 사탕을 많이 낳았다는 그런 이야기일까?

사탕 공장이 폭발한 후에도 즐거운 이야기는 계속된다.

고기

어떻게, 그럴 수 있습니까, 인간이? 인간은 몹시 화가 난 것 같다. 어떻게? 울부짖는 인간들은 도대체 아름답다. 쪼그라든 입을 가진 인간은 종일 바닥에 그림을 그리고 있다. 벌거벗은 아이들과 복숭아와 물고기와 양털구름. 아수라장이 된 시장 깨진 시멘트 벽돌 같은 비명 아랑곳하지 않고. 좌판에서 굴러떨어진 사과, 쭈글거리는 사과를 총총 따라가는 개, 빈 목줄 잡고 질질 끌려가는 맨발의 노파. 어떻게, 그럴 수 있는 게, 어떻게, 인간입니다.

드럼통에서 검은 것이 계속 검게 타고 있잖아요.

수치

벌레에 대해서라면 잠자*도 할 말이 좀 있다. 잠자로 말하자면 벌레의 몸으로 벽에 붙어서 죽는 순간까지 벌레에 대해 생각하고 또 생각하고 연구와 집중을 거듭하여 벌레의 생을 기록한 집착의 고수. 일찍이 잠자는 좀벌레 무당벌레 책벌레 애벌레 꿈벌레 등등 모든 벌레들을 섭렵했다. 하지만 모르는 벌레들이 자꾸 생겨나고 잠자의 방은 벌레들이 벗어놓은 꺼풀과 떨어진 갑각으로 산을 이룬다. 아무리 헤집어봐도 잠자는 그걸 찾지 못한다. 머지않아 아비가 던진 사과가 잠자에게 날아와 박힐 것이고, 잠자는 결국 하,퀴벌레**를 찾지 못하고 죽음을 맞을 것이다. 수치와 붉은 진흙이 뒤섞인 거리에 잠자의 탄식이 메아리칠 것이고, 늙은 시인이 검은 껍질을 가져다 자신의 얼굴에 씌워볼 것이다.

---

* 그렇다. 잠자는 당신들이 생각하는 그 '잠자'이다.
** '하,퀴벌레'에 대해서는 차마 말하고 싶지 않다. 그러나 어느 먼 후일 잠자를 닮은 시인이 낡은 사전을 뒤적이다 '하청'과 '바퀴벌레'의 기묘한 결합을 발견하고 소스라치며 몸을 떠는 순간이 반드시 있을 것이다.

싱크홀

인부k가 삽으로 흙을 던져 넣었다. 젖은 흙이 요란하지 않게 떨어지고, 다시 인부k가 목장갑 낀 손으로 땀을 쓱 닦으며 두둑한 흙을 한삽 던져 넣었다. 인부k의 동료도 흙을 던져 넣었다. 구덩이를 다 메우면 일당을 받을 수 있다고 인부k와 k의 동료는 생각하는 것 같았다.

고독한 의문을 품지 않아서 노동은 아름다웠다. k가 해가 지는 것 같다고 했고, 강변의 빌딩들이 형체를 잃고 급히 어둠에 파묻힌다. 인부k가 보이지 않는 구덩이에 흙을 던져 넣고 담뱃불을 던지고 목장갑을 넣었다. 신발을 벗어 넣고 양말과 작업복을 던져 넣었다.

빌딩 옥상 망루의 농성자는 멀리 강물이 반짝이는 걸 본다. 누군가의 노동이 세상을 아름답게 한다고, 그는 믿는다.

눈의 아이

낡은 지붕 파란 창문 틈새로 떨어진 눈 잠든 아이의 눈썹에 수북이 쌓인 눈 검은 꿈의 책갈피 속으로 한없이 떨어지는

아이야 눈의 아이야 오래된 이야기를 해주렴

멀고 먼 겨울에, 작고 흰 입술이 속삭인다, 춤추는 아이는 하늘하늘 허공의 첨탑을 지나 밤의 한가운데로 날아갔지 가볍고 하얀 아이 도시의 첨탑에 닿아 금세 녹아버릴 듯했지만 가까스로 한 남자의 이마에 내려앉았지 야윈 목덜미 낡은 작업복 골목을 서성이던 시린 맨발 눈의 아이는 떨리는 입술로 그의 눈꺼풀에 입 맞추었지

아이야 눈의 아이야 슬픈 이야기를 해주렴

멀고 먼 겨울밤 첨탑의 낡은 종 깨질 듯 울려대고 눈의 아이는 보았지 검은 외투를 입은 남자 홀로 외로운 춤을 추는 것을 눈의 아이는 남자를 끌어안으려 달려갔지만 하얀 팔이 스르르 녹아버렸지 불타는 뺨에 입 맞추려 했지만 하얀

입술 모두 사라져버렸지 추락하며 솟구치고 다시 날아가
도…… 닿을 수 없었지 검게 오그라든 손 녹아내리는 그림
자에 닿을 수는 없었지 새하얗게 울부짖는 정적에도 그을린
노래의 심장에도 영영……

깊고 먼 겨울의 밤
눈의 아이는 밤새 떨면서 텅 빈 구두를 꼭 안고 있었지
어두운 거리에 남겨진 어떤 사랑은
그렇게 녹지도 못하고 춤추지도 못하고 떠돌고만 있었지

낡은 지붕 아래 잠든 아이 눈썹에 쌓인 눈
속삭이는 꿈의 책갈피 속 춤추는 눈의 아이는 아주 오래
된 이야기를 알지

이제 늙어서 주름 가득한 눈으로 눈의 아이는 보고 있지
어떤 청년이 검은 법전을 끼고 평화시장 쪽으로 걸어가는
것을

재단사의 노래

그때 시장 골목에서 누군가 이름을 불렀어요. 숨결처럼 따뜻한 호흡이 나를 불러 세우고 내 몸을 안개처럼 감쌌지만 그건 나의 것이 아니에요. 나는 계속 걸었어요. 눈송이처럼 살짝 내려앉았다가 사라진 그것이 나의 이름일 것이라고 누군가 말해줬어요. 검게 탄 손바닥을 내려다보았어요. 눈송이처럼 녹아버린 그것은 하얀 햇살처럼 보였지만 무엇인지 알 수 없어서 나는 그냥 걸어갔어요. 멀리서 나의 이름을 부르는 소리가 들렸어요.

눈의 아이

세상의 아이들은
눈의 아이를 기억하고

아침에
희게 녹아버린 눈의
발자국을 본다

그리고 눈의 아이와 함께 걸었던
길을 잊지 않는다

흑백사진

그 겨울에 우린 무엇을 하고 있었지? 너의 손을 잡고 걷는다. 비탈길 천천히 스며드는 저녁의 냄새. 골목은 어둡고 부서진 연탄재 가등 아래 낡은 구두 눈송이 같은 여공의 기침소리. 누군가 방문을 요란하게 두드리면 세계가 빈 상자 속 눈동자처럼 흔들린다. 천장에 번져가는 검은 얼룩을 보며 우리는 다가올 장마를 걱정하지만 그 겨울은 영영 끝나지 않을 것 같다. 펄럭이는 빈방의 커튼, 살갗에 돋는 소름과 누군가의 텅 빈 입술. 나중에 우리는 헤어지게 되지만 아직은 손을 꼭 잡고 1970년의 겨울 속에 있다.

식인의 세계

쇳소리 날카로운 빛이
적막을 가르며 쏟아지는 순간에도

여자는 신의 처벌을 받은 천사처럼 담담했다

자신에게 벌어진 일을 알지 못하는 것처럼
바닥에 쓰러진 채 무구한 눈을 깜빡였다

기계에 낀 몸은 신기하게도
상처 하나 없이 멀쩡했다

그것은
커다란 접시에 놓여 있다

어떤 슬픔도 없이
우리는 조용히 먹는 일에 열중한다

구두

오늘 밤 도시는 폐쇄될 것입니다, 사이렌이 울리고

낡은 구두를 들고 천사는 생각한다
오늘은 너를 보러 온 거야
네 작은 얼굴 흰 이마에 재의 향유를 한방울씩 뿌려주고
곧 부서질 너의 맨발에 부드러운 잠을 덮어주기 위해

자정은 영원히 계속되고 우리는 내일을 보지 못하겠지요

주름진 밤의 입술에서 흘러나온 침묵
흰 재 위에 남겨진 목소리처럼
무거운 눈꺼풀에 흩어지는 망각의 눈송이들
너는 아직 따뜻했구나

시민 여러분, 우리를 잊지 말아요

천사는 골목에서 본다
도청 앞 누더기를 입은 늙은 여인이
울며 헤매는 것을

맨발로 사라진 아이를 찾아서

불행

배를 타고 낯선 섬에 도착했다. 이 섬에는 불행이 없습니다, 안내원이 말했다. 안내원의 제복에 햇빛처럼 흰 머리카락이 떨어져 있었다. 우리는 불행이 없는 섬을 산책했다. 긴 오솔길을 따라 숲으로 가고 해변을 따라 걸었다. 햇빛이 있었고 나무가 있었고 안개와 개가 있었다. 숲의 깊은 곳에 창고가 있었다. 창고는 사각형의 검은 창고였다. 초록 이끼와 민들레와 흰 거미와 잘린 발이 있었다. 불행이 없는 섬에 모든 것이 다 있구나, 생각하며 숲을 나와 해변으로 간 사람들을 기다렸다. 창고는 잊어버리고 해변에서 온 사람들과 사진을 찍었다. 그들이 무엇을 보았는지 묻지 않았다. 오후 4시가 되자 안내원의 지시를 따라 배를 타기 위해 일렬로 서 있었다. 멀리서 다가오는 배가 보였다. 그것은 검은 창고처럼 보였다.

식탁

아이는 우주로 날아가려면 먼지가 되어야 하냐고 묻는다.

하얀 식탁보의 주름을 펴면서 나는 먼지를 탁탁 털었다.

식탁에는 빵과 접시와 검은 글자가 있다.

글쎄, 모두 먼지가 되는 날이 오겠지.

아직 돌아오지 않은 사람이 있고

입술에 쌓인 먼지를 보면서 딱딱한 빵을 씹는 저녁이다.

그때 넌 무얼 기다리겠니?

창백한 아이는 말이 없다.

닫힌 문 먼지는 영원히 잿빛이다.

애도라는 외투

너는 무언가를 쪼개고 꿰매고 있다 밤새 무언가를 쓰기도
한다
커다란 외투를 만들려면 하룻밤이 필요해 죽은 이의 혀를
닦아내고 삼베옷을 입히듯이
조각난 것을 꿰매고 이어 붙일 시간이
시간의 앞면과 뒷면을 마주 보게 하고 어제의 얼굴과 햇
빛과 오늘의 이야기를 이어서
커다란 외투를 만들면
밤새 눈물이 다 마르고 우리는 다른 존재가 된다는 듯이

그 커다란 외투 속에 너를 숨길 수도 있다
누군가 벗어놓고 떠난 신발처럼 매끈한 피부처럼
고약한 냄새가 나는 것도 외투에 넣고
이건 우리에게 무언가 남아 있다는 뜻이지

이런 생각은 언제까지나 너를 이곳에 머무르게 한다
너의 외투는 여전히 아름답다 그리고 우리에겐 그것이 필
요하다

제 3 부

거미 여인

달을 본 적이 없다
첫번째 혹은 열두번째의 달에도

가난한 직조공이 짜놓은
검은 베일을 쓰고
길을 떠난다

눈먼 나는
아무것도 보지 못하지만

나의 딸들은
어느 날 알게 될 것이다

회색 먼지와 재로 뒤덮인
오래된 종이처럼

공중에서
은빛으로 흘러내리는
달의 이름

마침내
불행이라는,

시인

나는 햇빛처럼 없는 사람이 되고 싶지요. 사람들은 눈을 비비며 어디에 있는 거야?

햇빛은 종이처럼 희고 햇빛처럼 어떤 아이는 자꾸 없어요. 종이, 책, 글자 그런 것은 많지요.

나는 햇빛 속에서 햇빛처럼 말하는 거지요. 눈 속의 눈처럼 햇빛 속의 읽을 수 없는 글자처럼

사람들은 눈을 깜빡이며 그런데 뭐가 지나갔지? 뭐가 지나가서 햇빛이 여기에 있는 거지?

종이, 책, 글자 그런 것은 많고 나는 거기 없어요. 햇빛 속의 눈, 눈, 눈송이처럼

한 시에 남아 있는 것

항상 남아 있는 것이 있다 네게 종이를 한 장 건네고 아무것도 쓰지 못했음을 깨닫고 돌아보지만 너는 이미 인파 속으로 사라진 후이고

정작 쓰지 못한 마음은 주머니 속에서 쓰디쓴 돌멩이처럼 굴러다닐 때 시계는 정지하고 남아 있는 것은 박동하지 않는다

눈이 녹은 뒤에도 남아 있는 것 파도가 사라진 뒤에도 남은 것 네가 떠난 뒤에도 남은 것 어둑한 너의 눈동자처럼 아직은 있는 것

손때 묻고 더러운 빈 종이, 그런 시를 들고 나는 영원히 한 시를 떠나지 못한다

시인의 죽음

　시인이 없는 세상을 만들 거라고, 당신은 말했나요? 그건 이 세상의 유일한 시인인 당신이 사라진다는 것. 헐벗은 종이묶음, 모래시계, 낡은 편지들, 애써 모은 조개껍데기, 실패한 풀고둥 같은 말들을 죄다 가지고 떠난다는 말인가요?

　당신이 쪼그리고 앉았던 길가의 검은 얼룩, 밤새 허공에 그려놓았던 이상한 지도, 무너진 지붕에 쏟아지던 별들의 머나먼 한숨 같은……

　이젠 시인이 없는 세상인데 누가 시간의 검은 비단 위에서 바람과 함께 춤추겠어요? 누가 커다란 먹구름으로 몽상하는 거인의 발을 만들겠어요?

　이 빠진 노파처럼 검은 사전의 공백들이 한꺼번에 입을 벌리고, 녹슨 구두처럼 가지에 매달려 흔들리는 밤의 입술들

　하긴 시인이 없는 세상인데 누가 시인의 구두 따위를 애써 닦고 있겠어요? 그건 음란한 상징도 아니고 밤의 한가운데서 태어난 뾰족한 비유도 아니고 그냥 버려진 헌 구두일

뿐인데

　참, 그런데 당신이 검은 맨발을 두고 갔다는 게 사실인가
요? 시인이 없는 세상에 던지는 쓰디쓴 농담처럼
　죽은 이의 입에서 흘러나온 그것처럼 끔찍하고 아름다운
걸 말이에요

종이

종이가 있어서 즐겁다.

종일 종이 위에서 놀았다네.

거긴 이상한 사람들이 많이 있는 곳. 문을 두드리면 목 없는 남자가 웃고 있지.

책을 찢어서 담배를 피우는 노인도 있어. 종이로 눈사람을 만드는 시인도 있지.

흰 눈보라 속에서 남자가 촛불을 켜고 나는 조용히 문을 닫아주었네.

종이는 계단처럼 구겨지고 파도처럼 시끄럽고 사라진 아이처럼 커다란 그림자를 가지고 있어서

왠지 슬픈 것도 같고. 많은 종이의 날들이 지나면

나는 종이가 될 테야. 종이처럼 희고 납작한 얼굴을 가지고, 아무도 읽을 수 없는 얼굴이 되어서

이봐요, 문을 열어줘요, 쾅쾅 빈집의 문을 두드릴 거야.

낭독

하얀 종이를 낭독하기 위해서 모인 사람들은 얼굴을 하얗게 칠하고 종이에 가까워지려 애쓰고 있어요.

그런데 도무지 흰, 흰 것이 자꾸 목에 걸립니다.

낭독에는 다른 목소리가 필요하지요. 당신이 종이를 찢어서 삼킨 봄날처럼 흩날리는 목소리, 시끄러운 진실과 단 하나의 공백이

귀를 모으고 눈 감고 기다립니다. 당신의 목소리가 꽃처럼 피어나서 시인의 입속에 만개하도록, 하얀 슬픔이 흰 종이 속으로 희게 사라지도록

하지만 흰 것이 자꾸 목에서, 그건 목소리가 아니고, 그건 시가 아닌데

당신은 골똘히 종이를 들여다보고 있군요. 종이는 자꾸 희어지고 당신의 흰 얼굴에선 아무것도 읽을 수 없는데 말입니다.

천사에게

세상의 가장 아름다운 향기와 맛
그건 오직 천사들만의 몫으로 남겨진 것

그러나 세상엔 아무도 가져가지 않을
누더기 이불과 시인 같은 것이 있지

비좁은 골목으로 달려가던 천사는
뒤를 돌아본다, 남기고 온 것이 문득 생각났다는 듯이

천사는 무너진 담벽에 기대앉은
너를 내려다보며 혀를 차고 손을 내밀겠지만

하지만 세상에서 가장 달콤한 그건
너의 것이다

그러니 천사가 가져가지 못하도록
죽은 시인을 꼭 끌어안고
두꺼운 꿈의 이불을 덮고 잠드는 것이다

취한 건달들이 알 수 없는 노래를 부르고
어두운 골목 저편에서 가끔
시인의 영혼처럼 환한 빛 타오른다

지상에는 아무도 가져가지 못할
누더기 이불과 너의 검은 뺨에

아무도 모르게
흘러내리는 향기가 있고

단식

너에게 줄 것은 사과뿐이구나. 아버지는 문을 닫고 나갔다.

사과는 파란 것 붉은 것 뜨거운 것 점점 커진다.

방에 가득한 것이 아버지의 슬픔은 아니지만

어쩐지 벽은 하얗고 어떤 사과는 검은 글자 같고

그런데 나에겐 입이 없구나. 그건 아버지의 것이지.

흰 것 검은 것 희고 검은 것 오래 검은 것 영영 흰 것

사과는 아름다움을 잃지 않는다. 그것은 오래된 기도 같다.

한 사람

너의 얼굴 한쪽은 희고 다른 한쪽은 무한히 검다. 그렇게 세계는 공평하게 어둡고 평평하다.

한쪽 눈에서 눈물이 흐르고 다른 눈에서 끝없이 모래가 흘러내린다. 주름투성이 검은 입에 불과한 태양이 그 얼굴을 다정하게 감싼다.

각기 다른 이름과 다른 얼굴로 너는 살고 너는 사랑을 하고 너는 곱게 죽음을 맞는다.

공회전

아침에는 거울을 본다. 작은 눈코입을 보고 안심을 한다. 검은 자갈처럼 고독한 질문이 혀에 고여 있다.

너를 보면 죽은 나무가 생각나. 혼자 뒤틀린. 벼락 맞아 새하얗게 변한. 꿈속에서 말한 사람은 누구일까. 침착하고 다정한 목소리였는데

깨끗하게 빨아놓은 옷을 널며 여자가 웃는 걸 본다. 세상은 살짝 구겨진 은박지처럼 선명하고 눈이 부시다. 내일 여자는 조금 더 늙을 것이다.

사탕

목발을 짚은 남자가 손을 내밀었어. 창백하고 끈끈한 머리카락 진한 땀과 담배의 냄새 상처투성이 손바닥에 놓인 건 동그란 사탕. 놀이터의 아이들 모두 사라지고 사탕은 외로워 보였어. 가시덤불에서 누군가 말하는 소리가 들렸어. 모르는 사람에게 그런 걸 받으면 안 된다, 사탕이든 사랑이든. 움푹한 어둠에 잠기는 놀이터. 허공의 뺨을 사납게 할퀴며 검은 고양이 펄쩍 튀어 오르고 내가 사탕을 쥐었을 때 남자는 가볍게 신음했지. 그토록 딱딱하고 검은 사탕을 다시는 보지 못했다.

개를 모르는

개를 모르고 신을 모르고 돌멩이를 모른다. 그러니 개를 빼면, 말하자면 개가 없는 세상은 얼마나 자명한가. 개가 사라지니 의심도 사라지고 돌멩이는 돌멩이처럼 덜컹덜컹 굴러가고 저기 늙은 개장수처럼 신이 텅 빈 개를 데리고 사라지고 있다. 지평선 너머 검고 슬픈 것을 줄줄 흘리며. 다른 골목으로 달려가봐도 개는 없고 쇠막대에 묶인 없는 개가 허무의 흰 입을 벌려 컹컹 짖고 있다. 그러니 개를 모르는 건 얼마나 아름다운가. 선홍빛 노을처럼 나는 개를 모르는 사람을 사랑하고 개를 모르는 사람은 나를 모르고

여름의 불행

여름에 대해 생각하면 뭔가 검은 감정이 따라와요. 마당
엔 아직 붉고 노란 꽃들이 피어 있고, 나에겐 모르는 친척들
이 많지요. 회색 거미처럼 독신의 친척은 혼자 놀고 혼자 밥
먹고 혼자 죽습니다. 여름엔 노랗고 붉은 꽃잎들 비와 태풍
도 지나가고 그건 친척이 싫어하는 날씨였지만 상관은 없을
것 같습니다. 혁명이나 슬픔이나 시 그런 것처럼 여름에 대
해 말하면 그건 먼 친척의 이야기 같지요. 계단에 앉아 땀을
닦는 동안 여름이 한창이고, 텅 빈 거미줄 흔들리고 똑똑 두
드려도 문은 열리지 않고. 우거진 풀이 기이한 냄새를 피우
는 동안 나는 책을 읽고 산책을 나가고 더운밥을 먹고 가끔
시를 썼어요. 어떤 사람들은 그것이 여름의 불행이라고 말
하지요.

제 4 부

감자의 멜랑콜리

잠시 눈을 감는다
이건 기도하는 자세와 같구나

하지만 내겐 손이 없다

슬픔과 기쁨의 날개를 달고
뒤뚱거리는 늙은 새처럼

나는 울퉁불퉁한 얼굴로
눈을 감고

그건 어쩌면 기도하는 자세와 같고
아무려나 나에겐 손이 없으니

어느 날 꼭 맞잡았던 두개의 손
검게 벌어진 시간의 틈새로 흘러나간 건

기쁨의 젖은 입술인가
희게 굳은 너의 슬픔인가

죽기 전에
눈을 꼭 감은 채

나는 더 둥글어지고
조금 더 밤에 가까워졌다

창고

문을 열었다. 네가 있었다. 구석에 쭈그리고 앉아 나를 올려다보았다. 작은 소리가 들렸다. 그건 감자의 숨소리라고 말해주었다. 네 옆에 앉아서 감자의 숨소리를 들었다. 오래전에 죽은 아이의 목소리 같았다. 종일 비가 함석지붕을 두드리고 누군가 검은 장화를 신고 지나간다. 너는 감자처럼 어둡고 조용하다. 창고의 문을 닫는다.

전향

작은 돌을 쥐고 멀리 왔는데 두개 중의 하나를 잃어버렸
어요.

하나는 손에 꼭 쥐고 있어요.

하지만 다른 하나는

아무래도 생각이 나지 않습니다.

망각

많은 것들이 사라졌다 그리고 모든 것이 돌아오는 밤이 있다

영혼이라는 말을 들으면 검은 돌처럼 가슴이 뛰는 것

금지된 책들이 여기 있었다는 걸 뒤늦게 아는 경이로운 밤처럼

내게 영혼이란 것이 있다면 흰 종이처럼 무한할 것이고

마지막 문장에 찍힐 검은 점처럼 한없이 떨며 차가울 것이었지만

이제 아무도 책을 가졌다고 잡혀가지 않으니 책들도 나도 영혼을 잊었다

종이처럼 부스러지는 나의 얼굴에서 사라진 것이 무엇인지 영영 알지 못한다

아들들

그는 살아 있기엔 너무 커다란 책일지도 모른다. 그래서 그를 토막 내서 버리기로 했다.

한장씩 피부에 들러붙은 것을 뜯어내기는 쉽지 않은 일. 붉은 표지를 찢으며 먼지와 함께 부스러져 내리기를

오래된 얼굴 흉터처럼 구불구불 이마에 남은 필사의 흔적 검은 글자처럼 흩어지고 모여서 증오를 만들었다. 혁명이나 슬픔처럼 이제 그걸 읽을 사람은 없겠지만

텅 빈 페이지에 눌어붙은 일생이 흔들리는 틀니처럼 가지런히 매달려 있다. 수거함에 가득한 그를 실어 가기 위해 아침의 검은 트럭이 달려온다.

우리 모두의 애도

시인이 죽은 뒤에 마을에 잠시 고요가 찾아왔다. 사람들은 각자의 방식으로 시인의 죽음을 애도했다. 아이는 생각한다. 애도─죽음─애도─죽음의 회로가 돌아가는 것 같다. 공장이 폭발하고 애도하고 기차가 탈선하고 애도하고 시인의 죽음을 애도하고…… 애도가 뭘까요?

아이는 노인에게 묻는다. 이빨이 빠진 입으로 말라빠진 무를 씹는 노인. 아이는 주머니 속 젤리를 만지작거린다. 애도의 끝은 어디일까요? 애도가 끝나면 파란 하늘을 보고 트램펄린에서 뛰어놀 수 있을 것이다. 동네 아이들은 검은 옷을 벗고 새들도 애도애도 울지는 않을 것이다.

침을 흘리면서 졸던 노인이 눈을 뜬다. 애도는 흰 종이 같은 것이란다. 그걸 오래 씹으면 물렁한 무처럼 검은 비애처럼 달아지지. 아이는 이해하지 못한다. 아이의 머릿속은 정말 백지장처럼 하얗고 어떤 기억도 남아 있지 않기 때문이다.

어느새 노인의 주름진 입술 애도로 검게 물들고 있다. 축축하게 젖은 손바닥에 파란 젤리를 올려놓고 아이는 학교로 간다. 새로운 애도를 배우기 위해서. 젤리가 목에 걸려 컥컥대며 쓰러지는 노인을 그대로 두고 곧장 앞으로 걷는다.

편지

오늘 나의 팔이 사라졌어 슬픈 손가락을 매단 채로
나는 팔을 잡아보려 했지만 골목을 달려가는 그것을 잡을
수는 없었지

팔이 없는 채로 나는 시장에 갔어 거기엔 없는 것이 많았어
고무 심장과 하얀 팔다리와 싱싱한 콩팥과 그런 것들이

거기서 혁명이 눈 없는 여자처럼 서 있는 걸 보았지
늙은 여자는 곧 사라질 입으로 노래를 부르고 있었어 그
노래는 그녀를 황금의 여왕처럼 보이게 했지만

눈 없는 여자는 저녁을 굶은 채 빈 접시를 닦아야 했지
예언의 구정물에 발을 담근 채 감자 껍질을 벗기고 혼자
노래를 부르다 잠들면
내일은 입술이 사라진 채 눈을 뜨겠지

밤의 노래처럼 혁명은 이미 지나간 것인데
어쩐지 그녀는 나의 심장처럼 보였고
사라진 입술로 우리는 머나먼 키스를 나눈다

세상에는

이런 오래된 이야기가 있다는 걸

너에게 말해주고 싶어서 쓴다, 마지막 남은 손이 사라지

기 전에

빵

빵을 보면
누군가의 손이 생각난다고

그 손은 하얗고 밀가루
반죽 속에서 굳어버렸다고

여기는 봄이 왔어, 꽃도 피었고
속삭이듯

하얀 빵들은 고요하지만
누군가의 손을 잡으면 따뜻하고 좋다고

꽃나무 아래서
너는 생각을 한다

굳어버린 반죽에서
기도처럼 불쑥 돋아난
희고 말 없는 손

반죽을 젓는
기계는 멈추지 않는다

결국 너는 선량하고 아름답다
아직 따뜻한 손으로
빵을 떼어
검은 입에 넣는다

전향

　새들은 어디로 날아가고 빈 둥지에 남은 깃털, 지푸라기, 비닐봉지, 검은 자갈을 모아서 주머니에 넣고 종일 헤매는 것이다. 사금파리와 유리구슬, 스티로폼 조각 같은 것들이 어느새 주머니에 가득하고 저녁에는 그것들을 하나씩 꺼내 본다. 마른 빵조각, 몽당연필과 깨진 안경, 녹슨 가위와 핏물 말라가는 눈동자. 흰 종이 위에서 그것들은 너를 그리워한다.

들판의 상자 속에는

아름다운 것들이 가득하다. 검은 양말, 푸른 달빛, 눈먼 잉어와 비단벌레처럼 당신이 알지 못하는 빛과 색을 가지고 있는 것들. 깨진 유리잔과 고무인형, 구멍 난 속옷, 낡은 시집 그리고 환하게 웃는 목 없는 미소. 백년 후에는 누렇게 변색될 얼굴들이 상자 속에는 가득 있다.

청춘

네가 사라진 뱀처럼
뱀의 그림자처럼 하얗다면 좋을 거야
나는 손가락을 빨면서 늙은이가 된 뒤에도 울면서 말할
거야
울음을 울기 위해서 육십년을 기다릴 거야
너는 끓어오르는 검은 솥처럼 어둡고 깊을 거야
하얀 종이와 같을 거야 사라진 시처럼 영영 흴 거야

불행

그해 겨울 나는 불행의 셋째 딸이 되었어요. 언니들은 하얀 드레스를 입은 신부가 되었지요. 나는 맨발로 눈이 쏟아지는 벌판을 달려요. 총총한 별들과 검은 돌멩이 같은 염소들 파랗게 울고 있는 벌판에서 나는 갓 태어난 늙은 아버지에게 흰 젖을 먹이고, 밤의 긴 머리카락으로 그의 얼굴을 씻깁니다. 그리고 그의 손을 잡고 마을로 돌아가요. 막 불행의 결혼식이 시작됩니다.

작별

작별 인사를 하지 말자, 눈송이야
이제 사랑은 끝나고
작은 상자 속에 넣어둔 망각이
먼지에 덮인 채 검게 굳고 있다
어느 날 그것을 한점 떼어 입에 넣으면, 눈송이야
그건 오래된 음악, 흑백사진, 낡은 종이 위에 쓴 시
천천히 사라지는 너의 맨발
이제 죽음의 새하얀 혓바닥 위에서
희게 녹아버리자, 눈송이야

발자국은 녹아 없어졌지만, 시가 겨우 남았지

서영인

세상에는
이런 오래된 이야기가 있다는 걸
너에게 말해주고 싶어서 쓴다, 마지막 남은 손이 사라지기 전에
—「편지」 부분

1. 지금, 재단사의 노래

아무래도 재단사 이야기로부터 시작해야겠다. 이기성은
시집 『동물의 자서전』(문학과지성사 2020) 뒤표지에 "오랫동
안 1970년에 대해서 생각했다. 그리고 그것을 쓴다."라고 썼
다. 1970년에 대해서는 긴 설명이 필요하지는 않다. 1970년
은 평화시장 노동자 전태일이 분신한 해이다. 11월 13일이
다. 이기성이 말하는 1970년이 전태일의 분신을 가리키고
있는 것은 분명하다. 궁금한 것은 그다음이다. 왜 이기성은
지금, 1970년과 전태일에 대해 생각하고 그것을 쓰고 있는

것일까. 그것은 사실 너무 오래전 이야기가 아닌가. 지금 전태일을 불러와 그를 위한 노래를 짓는 이유로 '기억의 환기'만으로는 부족하다. 시인의 발언 역시 여기서부터 시작하는 듯하다.

그러나 당신은 1970년을 모르고, 그건 당신이 태어나기도 전의 일이겠지만, 노래는 1년 후에도 30년 후에도 아스팔트 위를 굴러다닐까요? 화염의 구멍이 별처럼 숭숭 뚫린 외투와 같은 노래는

──「재단사의 노래」(『동물의 자서전』) 부분

우리는 "1970년을 모르고", 그러나 그 노래가 "1년 후에도 30년 후에도 아스팔트 위를 굴러다"닌다는 것을 안다. 그러므로 노래는 아직 끝나지 않았고 낡지 않았다. 그리하여 시인은 "딱딱하게 굳은 세월의 심장을 어루만지며" "오늘은 그것을 어디로 가져"는지 묻는다. 1970년을 생각하는 오늘의 노래, '재단사의 노래'가 지칭하는 것은 정확히 이것이다. 그리하여 노래는 계속된다. 그것이 이미 오래전의 일이라는 것을 알고 있으면서도, 여전히 계속 노래하지 않으면 안 되므로.

그 버스는 오래전에 떠났어
아이와 노인과 슬픔을 실은 버스가 떠났어

(⋯)

어떤 노래는
하얀 실처럼 끝없이 흐르고

그것은 네가 지어놓은
잿빛 수의처럼 빛난다

——「재단사의 노래」 부분

   그날의 사건은 오래전의 것이지만 "하얀 실처럼 끝없이 흐르고" "잿빛 수의처럼 빛난다". 그러나 우리는 그 사건을 잊었고, 그것이 계속해서 흐르고 있다는 것을 알지 못한다. 왜? "거미처럼 종일 실을 잣고 밤엔/그걸 다시 풀어내느라 알지 못했"다. "앙상한 팔과 다리가 다 닳아서/한줌의 재"로 남을 만큼 실을 잣고 다시 풀어내는 일상의 반복 때문에 지나간 시간을 기억하지 못하고, 여전히 계속되고 있는 슬픔을 알아채지 못한다. 그러나 반복되는 일상을 거미의 노동에 비유할 때, "흰 실에 칭칭 감긴 채/검은 밤에 잠긴 흐릿한 얼굴"을 깨달았을 때, '거미'와 '실'과 '천'과 '재단'의 연쇄를 따라 1970년 재단사의 죽음은 성큼 다가와 있다. 우리는 그때와 얼마나 달라져 있을까. 전태일의 죽음은 오늘 우리의 삶으로 어떻게 스며들어 있나. "입안 가득한/재의 맛"을 지금 여기서 감각하는 한, 전태일은 역사적 기억의 대상이 아니라 지금 나의 얼굴이 된다. 역사 속 타자였던 재단사 청년은 나에게로 와서 지금의 현실이 된다. 시로 불러들인 전태일은 전태일일 뿐 아니라 흑백사진 속 식모가 된 언니(「흑백사진」), "도청 앞 누더기를 입은 늙은 여인"(「구두」), "눈송이 같은 여공의 기침 소리"(「흑백사진」), "기계에 낀 몸"(「식인의 세계」)이기도 하다.

그 죽음의 기억을 부정하며 빵과 밥과 식사에 골몰할 때("어떤 슬픔도 없이/우리는 조용히 먹는 일에 열중한다", 「식인의 세계」), 구덩이에 기억을 파묻으며 불행을 모른체할 때("무거운 눈꺼풀에 흩어지는 망각의 눈송이들", 「구두」), 지난날의 참혹은 진짜 참혹이 되어 우리에게 온다.

지나간 슬픔과 상처를 기억하고 싶지만 기억할 수 없는 까닭은 단지 물리적 시간의 흐름 때문이 아니다. 아직 구현되지 못한 근로기준법, 규명되지 못한 도청의 학살, 치유되지 못한 여공의 희생은 기억 속에 파묻혔고 기계적 노동과 무심한 일상은 계속되고 있기 때문이다. 혹은 그 상처의 생생한 감각 대신 과거의 사건을 관념화하면서 낭만화하는 까닭이다. 한순간에 지상의 모든 것을 검은 구멍 속으로 쓸어넣는 싱크홀처럼.

구덩이를 다 메우면 일당을 받을 수 있다고 인부 k와 k의 동료는 생각하는 것 같았다.

고독한 의문을 품지 않아서 노동은 아름다웠다. k가 해가 지는 것 같다고 했고, 강변의 빌딩들이 형체를 잃고 급히 어둠에 파묻힌다. 인부k가 보이지 않는 구덩이에 흙을 던져 넣고 담뱃불을 던지고 목장갑을 넣었다. 신발을 벗어 넣고 양말과 작업복을 던져 넣었다.

빌딩 옥상 망루의 농성자는 멀리 강물이 반짝이는 걸 본다. 누군가의 노동이 세상을 아름답게 한다고, 그는 믿는다.

——「싱크홀」 부분

발밑에 도사리고 있는 깊은 어둠을 보지 못하고 멀리 반짝이는 강물을 바라볼 때 노동은 아름답다. 그러나 우리에게 노동이 아름답다고 말할 염치가 있는가. 싱크홀을 메우면 지불되는 일당으로 노동이 상계되는 세상에서. 노동이 아름답다고 쉽게 말하지 않기 위해서, 전혀 아름답지 않은 방식으로 소멸된 지난날의 노동과 존엄에 대해 말하기 위해서 시인은 반복적으로 재단사의 노래를 부른다. "파란 슬리퍼를 신은 뚱뚱한 가수"(「재단사의 노래」, 『동물의 자서전』)의 눈으로, 혹은 어둠 속으로 사라져간 재단사의 희미한 목소리로, 그리고 애써 "검은 밤에 잠긴 흐릿한 얼굴"을 알아보려는 시인의 눈으로, 까마득한 고통으로 온몸을 불태운 재단사의 시신을 목격한 눈송이의 기억으로. "고독한 의문"은 계속된다.

눈의 아이는 남자를 끌어안으려 달려갔지만 하얀 팔이
스르르 녹아버렸지 불타는 뺨에 입 맞추려 했지만 하얀
입술 모두 사라져버렸지 추락하며 솟구치고 다시 날아가
도…… 닿을 수 없었지 검게 오그라든 손 녹아내리는 그
림자에 닿을 수는 없었지 새하얗게 울부짖는 정적에도 그
을린 노래의 심장에도 영영……

—「눈의 아이」 부분

자신의 몸에 불을 붙이고 노동의 현실을 고발할 때, 불의
고통으로 몸은 오그라들고 녹아들어 새카맣게 타버렸다. 오
그라들고 녹아드는 육체, 흡사 춤추는 것처럼 보이는 고통
의 몸부림. 그 몸 위로 눈송이가 추락하고 솟구치고 다시 날
아든다. 1970년의 전태일을 고통에 몸부림치는 육체로, 그
리고 그 불타는 몸에 다가갈 수 없어 추락하고 솟구치는 눈
발로 제시하였을 때, 전태일은 생경하고 기이한 고통으로
다시 기억된다. 불타는 몸과 휘몰아치는 눈발로 재현된 이
장면을 만나고 나면 우리는 더이상 그것은 오래된 일이며
지나간 일이라고 말할 수 없게 된다. 아니, 아직 우리는 그
고통 자체를 상상하고 그 고통에 접근해본 적이 없지 않은
가. 예컨대 "근로기준법을 준수하라!"나 "내 죽음을 헛되이
말라!" 같은 구호만 남고 어느새 사라져버린 불타는 몸의 고
통. 어쩌면 더 중요한 것은 구호보다는 처절하게 고통스러

운 한 인간의 몸이다. 그리고 그 불타는 몸에 아무도 다가갈 수 없었던 고독한 시간과 도저히 일치될 수 없는 존재인 그 몸의 실재를 똑바로 보는 일이다. 이 고통과 고독의 감각을 온전하게 기록하고 전달하는 일은 아직 미답이다. 여기에서 시가 1970년을 생각하고 써야 할 이유가 생겨난다. 그리고 이 지점에서 우리는 애도에 대해 겨우 생각할 수 있게 된다.

2. 애도라는 외투

먼저 외투. 애도를 외투로 비유했을 때 연상되는 또다른 외투가 있다. "검은 외투를 입은 남자"의 "홀로 외로운 춤"(「눈의 아이」), "화염의 구멍이 별처럼 숭숭 뚫린 외투와 같은 노래"(「재단사의 노래」, 『동물의 자서전』). 시인은 전태일을 "검은 외투를 입은 남자"로 그려냈고, 그에 대한 노래는 그의 죽음과 연결되어 "화염의 구멍이 별처럼 숭숭 뚫"려 있다. 그러니 그에 대한 애도는 새 외투를 짓는 것과 같다.

시간의 앞면과 뒷면을 마주 보게 하고 어제의 얼굴과 햇빛과 오늘의 이야기를 이어서
커다란 외투를 만들면
밤새 눈물이 다 마르고 우리는 다른 존재가 된다는 듯이

그 커다란 외투 속에 너를 숨길 수도 있다
누군가 벗어놓고 떠난 신발처럼 매끈한 피부처럼
고약한 냄새가 나는 것도 외투에 넣고
이건 우리에게 무언가 남아 있다는 뜻이지

—「애도라는 외투」 부분

　외투는 감싸고 덮는 것이면서, 가리고 숨기는 것이다. "홀로 외로운 춤"을 추었던 구멍 뚫린 외투를 쪼개고 꿰매어 새 외투를 만드는 일은 분명 고되다. "시간의 앞면과 뒷면을 마주 보게 하고 어제의 얼굴과 햇빛과 오늘의 이야기를 이어서" 외투를 짓는 일은 지나간 시간을 돌아보고, 보이는 것과 보이지 않는 것을 두루 살피며, 어제의 일과 오늘의 일을 연결해야만 가능한 일이다. 누군가의 죽음을 마음을 다해 슬퍼하고, 그 죽음의 이유를 규명하고, 억울하고 슬픈 일들 이후에도 계속되는 삶을 인정하며, 그래서 죽음을 죽음으로 받아들이고 한 죽음을 떠나보내는 일. 그것이 애도이다. 애도가 완전한 의미로 성취되기는 어렵다. 하나의 죽음은 남은 자들의 삶과 분리되지 않으며, 그 죽음의 이유에는 항상 말해지지 않은 것이 남아 있기 때문이다. '불타는 몸'의 이미지로 소환된 기억은 애도의 불완전성을 다시 환기한다. "시간의 앞면과 뒷면"을 "마주 보게" 하고, "어제의 얼굴"과 "오늘의 이야기"를 "이어서" 꿰매는 일은 사실상 불가능한 일, 영원히 지연되는 애도의 다른 표현이 아닌가. "시간의 앞면과 뒷면"은, "어제의 얼굴"과 "오늘의 이야기"는 좀 처럼 매끈하게 연결되지 않는다. 그래서 "애도라는 외투"는 무언가를 숨긴다. 외투 안에 숨긴 "누군가 벗어놓고 떠난 신발"과 "매끈한 피부"는 상반된 이미지에도 불구하고 "고약한 냄새"로 자신의 존재를 알린다는 점에서 유사하다.

애도에서 숨겨진 것, 누락된 것, 망각된 것을 끊임없이 환기하고, 그 애도의 불가능성을 망각의 불가능성으로 전환하면서 시는 사라진 존재의 이름을 부른다.

새들은 어디로 날아가고 빈 둥지에 남은 깃털, 지푸라기, 비닐봉지, 검은 자갈을 모아서 주머니에 넣고 종일 헤매는 것이다. 사금파리와 유리구슬, 스티로폼 조각 같은 것들이 어느새 주머니에 가득하고 저녁에는 그것들을 하나씩 꺼내본다. 마른 빵조각, 몽당연필과 깨진 안경, 녹슨 가위와 핏물 말라가는 눈동자. 흰 종이 위에서 그것들은 너를 그리워한다.

—「전향」 전문

사전적인 의미로 '전향(轉向)'은 '신념이나 사상 따위를 다른 것으로 바꿈'을 뜻한다. 신념과 사상의 주체는 그 신념이나 사상을 가진 인간이며, 따라서 전향은 사상적 선택이나 결정을 뜻하기도 한다. 이기성은 이 '전향'의 시적 대상을 인간의 판단이나 선택이 아니라 버려진 것, 선택에서 배

제된 것으로 바꾸면서 그 버려진 사상을 사물로 이미지화한다. "마른 빵조각", "몽당연필", "깨진 안경", "녹슨 가위" 모두 본래의 기능을 상실하고 의미를 빼앗긴 채 남은 물질이지 않은가. 이것들은 계속 버려져야 할까. 먹을 수 없는 빵조각, 쓸 수 없는 연필, 볼 수 없는 안경을 우리는 주머니 가득 넣고 살아간다. 사상을 바꾸면서 주머니까지 비우지는 못한 우리의 삶이 이 전향의 잔여물 속에 남아 있다. 시는 그 잔여물을 흰 종이 위에 늘어놓고, 사상의 주인이 인간이라는 생각을 잠시 멈추고, 쓸모없어진 사물들에 시선을 집중한다. 사상의 주인이 사라진 자리에서 사상이 있었던 흔적으로, 잔여의 사물들이 회고와 기억과 반성과 사유를 촉구한다. 그것들이 마치 애도가 완성될 수 없음을 알리는 외투의 안감이기라도 한 듯이. 사상이 발길을 돌려 향한 쪽이 아니라, 이전부터 그 자리에 있었으나 없는 것이 되어버린 사물의 위치에서 '전향'을 다시 본다. 그러니 불가능한 애도를 알아챈 이후, 애도의 매끈한 표면 아래 남아 있는 울퉁불퉁한 것들을 더 의식할 수밖에 없다. 입이 없는 그것들은 아무 말도 할 수 없지만, 그렇기 때문에 더 생경하고 불편하다. 그것은 거기에 있을 뿐인데, 시인은 그것이 거기에 있다고 말할 뿐인데 애도는 의심스러워지고, 따뜻한 빵은 갑자기 검고 딱딱해진다. 울퉁불퉁한 그것들, 일단 그것들을 '감자'라고 부르기로 하자.

3. 감자의 멜랑콜리

감자에 관해서라면 우리가 알고 있는 것이 좀 있다. 재단
사만큼은 아니지만 감자도 이기성의 시에 꽤 자주 등장한
다. 감자는 주로 알 수 없는 것, 그래서 시의 화자가 오래 바
라봐야 하는 대상, 그저 거기 있음으로써 존재감을 발휘하
는 시적 대상이다. 그 감자를 따라가면서 우리는 이기성의
시를 해석하는 통로를 얻기도 한다. 시인은 감자를 '그저 본
다'. "당신은 물끄러미 감자를 보는 것. 고아처럼 희고 딱딱
한 감자. 꿈속처럼 몽롱한 감자. 한없이 감자를 보는 것. 당
신은 멈추지 않는 것. 그러다 문득 목이 메는 것."(「감자를 보
는 것」, 『사라진 재의 아이』, 현대문학 2018) 감자를 보기만 하는
데 왜 문득 목이 메는가. "작은 소리가 들렸"고, "그건 감자
의 숨소리라고 말해주었다."(「창고」) 누가? 네가. "종일 비가
함석지붕을 두드리고 누군가 검은 장화를 신고 지나"가는
데, "너는 감자처럼 어둡고 조용하다."(같은 시) 어두운 창고
안에서 그저 "감자의 숨소리"를 들었을 뿐인데, 어느새 감자
는 창고에 쭈그리고 앉은 너의 모습이 된다. 때로 감자는 테
러리스트의 가방 안에서 그의 힘없는 아버지가 되기도 한
다. "가방 속에 들어 있는 건 감자가 아니고. 그의 부모는 가
난했으며 말 없는 감자의 형상에 가까웠다. 우린 최소한의
예의를 원합니다, 농성장에서 팔을 치켜든 아버지의 목소리

는 가늘고 연약했다. 구둣발로 툭 차면 데굴데굴 사방으로 굴러가는"(「감자의 시」, 『동물의 자서전』). 어두운 창고 구석에서 그저 숨소리만으로 존재하는 것. 힘없고 말없이 그저 존재할 뿐인 것, 그래서 알아차리기 어려운 것. 그래도 가만히 귀 기울이면 그것이 거기에 틀림없이 있다는 사실을 부정할 수 없는 것. 그래서 가만히 숨소리를 듣고 그저 바라보기만 해도, 그것이 거기 있다는 것을 인지하는 것만으로도 가끔 목이 멘다.

잠시 눈을 감는다
이건 기도하는 자세와 같구나

하지만 내겐 손이 없다

슬픔과 기쁨의 날개를 달고
뒤뚱거리는 늙은 새처럼

나는 울퉁불퉁한 얼굴로
눈을 감고

그건 어쩌면 기도하는 자세와 같고
아무려나 나에겐 손이 없으니

어느 날 꼭 맞잡았던 두개의 손
검게 벌어진 시간의 틈새로 흘러나간 건

기쁨의 젖은 입술인가
희게 굳은 너의 슬픔인가

죽기 전에
눈을 꼭 감은 채

나는 더 둥글어지고
조금 더 밤에 가까워졌다

       —「감자의 멜랑콜리」 전문

 상실에 대한 불완전한 애도로부터 멜랑콜리가 발생한다
는 이론에 따른다면 감자의 '멜랑콜리'는 아마도 불가능한
애도로 인해 생긴 감정일 것이다. 우리는 앞서 "애도라는 외
투"에 가려져 있던 울퉁불퉁한 것들, 말하지 않고 사라져버
린 것들, 그래도 남아 있는 것들을 찾아낸 적이 있다. "작은
돌을 쥐고 멀리 왔는데 두개 중의 하나를 잃어버렸"고, 잃어
버린 그것이 "아무래도 생각이 나지 않"(「전향」)는데, 알고
보니 "녹슨 가위"나 "깨진 안경" 같은 것이었다. 그것이 바
로 '감자'이다. 또한 가난한 부모의 형상이다. 그러므로 "감
자의 멜랑콜리"는 '감자가' 앓는 우울이기도 하고, '감자로

인해' 앓게 된 우울이기도 하다. 애도라는 커다란 외투 속에 알 수 없는 감자가 있었으므로 "검게 벌어진 시간의 틈새" 로 "기쁨의 젖은 입술"과 "희게 군은 너의 슬픔"이 흘러나갔고, 그것들이 흘러간 자리가 아물고 나서 "나는 더 둥글어지고/조금 더 밤에 가까워졌다". 둥근 것의 안정과 검은 밤의 불안이 동시에 존재하는 감자의 "울퉁불퉁한 얼굴"은 우리가 망각을 통해 평온해질 수 없음을 알려주는 착한 불순물처럼 거기에 있다. 그러니 우리는 감자가 있는 한, 상실을 애도하는 기도를 완성할 수 없고, 그 감자들이 도사리고 있는 창고나 상자 속을 계속해서 주시하며 불행을 찾아 나설 수밖에 없는 것이다. 감자의 기도를 듣고 상자나 외투에 가려진 불행을 찾아 꺼내놓는 일, 시인의 일이다.

4. 그리고, 시인의 일

감자를 발견하고 우리는 조금 담대해졌고, 그래서 불행을 감지하는 일에 조금 더 용감해졌다. "애도라는 외투"는 의심스럽지만 우리에게는 감자가 있다. 전향자는 멀리 떠났지만 우리에게는 "녹슨 가위"와 "깨진 안경"이 있다. 애도가 완전하지 않고 전향이 성공적이지 않음을 우리는 감자들을 통해 안다. 그리고 시인은 그런 감자를 오래 바라보는 사람이다. 커다란 창고나 검은 상자 속에 있는 불순한 것들의 숨소리를 듣는 사람이다. 그 불순한 것들의 숨소리를 들을 수 있기 때문에 그는 세상의 앞면과 뒷면을 함께 보는 사람이 되었다.

　거대한 화덕에서 우린 빵처럼 부풀어 오릅니다, 이렇게 말하면서 당신은 꿈속을 걸어 다녔어요.

　빵은 검은 침묵에 가깝고 어쩌면 깊은 밤과 같지요. 그러니 오늘 우리가 흥겹게 먹고 마시고 떠들며 웃는 것은 밤의 한쪽이 보이지 않기 때문일 거예요.

—「빵」 부분

　거대한 화덕에서 빵은 부풀어 오르고 따뜻한 빵의 뒤쪽은 검은 재가 쌓이는 화구이다. "흥겹게 먹고 마시고 떠들며 웃는" 동안 환한 밤의 어두운 한쪽은 보이지 않는다. 커다랗고 따뜻한 빵은 시커먼 어둠의 구멍을 숨기고 있다. "달고 진한 것"은 금세 "이빨에 달라붙"는 "검고 못생긴 것"(「종이」)이 된다. 이 잔여물 덕분에 빵의 뒷면을 볼 수 있게 되었고, 영원을 말할 수 있게 되었다는 것은 아이러니이다. '불타는 몸'에 대한 기억이 없었다면, 전향 이후의 "녹슨 가위"가 없었다면, 그래서 가만히 "감자의 숨소리"를 듣는 시간이 없었다면 우리는 애도하고 떠나보내고 망각했을 것이다. 따뜻한 빵만으로 살아갔다면 그 뒷면의 "재의 맛"을 알지 못했을 것이다. 규명 불가능한 채로 남아 있는 것들 때문에 우리는 삶에 대한 "고독한 의문"을 품을 수 있게 되었다. 상실과 망각의 연쇄되는 이미지를 보라. 가령 "녹슨 가위와 핏물 말라가는 눈동자"는 "흰 종이 위"에서 "너를 그리워한다."(「전향」) "백년 후에는 종이가 남고 글자는 사라지"(「너」)겠지만 시인은 죽어 "평평하고 납작해졌"고 "종이처럼 보였을 것이다."(「종이」) 시는 흰 종이 위에 검은 글자로 쓰였는데, 시간이 오래 지나면 종이는 남고 글자는 사라질 것이다. 그때 종이는 글자가 있었다는 증거가 된다. 그래서 시인이 죽고 나서 글자가 사라진 후에도 종이는 평평하고 납작하게 남아 있다. 종이가 있어 우리는 시의 불완전성을 기억하고, 시의 "모호한 단맛"(같은 시)을 의문 속에 남겨둘 수 있게 된다. "접시 위에 남은 건 하얗게 굳어버린 글자들, 어제의 영원한 단맛들"(「종이」), "멀리/너의 입에 가득한/흰 달빛//밤의 종이 위에"(「저수지」).

"글자들"이거나, "영원한 단맛들"이거나, "흰 달빛" 같은 것들은 종이 위에 있다. 종이는 그저 도구였고 배경이었지만 덕분에 우리는 글자 너머, 단맛의 변질과 달빛의 유한함을 알게 되었다. 이것을 시의 물질성이라 말해도 될까. 이 물질성 때문에 시는 감히 영원을 말할 수 있게 되었다. 시가 사라지고 시인이 사라지고 죽음이 잊히고 역사가 망각된 이후에도 사라진 것들이 거기 있었다고, 종이가 있는 한 계속되고 있다고 말할 수 있는 그런 영원. 가늘게 연결되는 그 영원을 위해 쓴다. 그것이 시인의 일이다. "물 위에 둥둥 떠 있는 팔과 다리와 얼굴 그리고 손가락들. 그것을 들여다보니 갑자기 당신의 이름이 생각났어요. 얼룩진 종이를 버리고 물 위에 그것을 씁니다."(「종이」) 급기야 물에 젖어 얼룩이 진 종이는 풀어 헤쳐져 사라지기도 한다. 그러나 "물 위에 둥둥 떠 있는 팔과 다리와 얼굴"로, 해체되어 불어터진 모습으로 그것은 있다. 종이가 녹아 사라진 물 위에 그것을 또 쓴다. 그것이 무엇인지 분명하게 말할 수 없는 사정은 이미 반복해서 말한 바 있다. 종이의 이미지는 끝없이 연쇄되면서 사라지는 물질성인데, 영원한 시란 그런 것이다. 이 영원이 공허한 관념이 아니라 여전히 남아 있는 것들로 만들어진 물적 증거에 기반한다는 것을 지금까지 길게도 말했다.

눈이 녹은 뒤에도 남아 있는 것 파도가 사라진 뒤에도 남은 것 네가 떠난 뒤에도 남은 것 어둑한 너의 눈동자처럼 아직은 있는 것

　　　　　　　　　　　　　　　　　　　—「한 시에 남아 있는 것」 부분

그리하여 겨우 시가 남았다. 이것이 시의 영원이다.

徐榮姻 | 문학평론가

내일 아침 눈을 뜨면
어떤 세상이 되어 있을지
알 수 없는 날들이 계속되었다.

어둠 속 광장의 작은 불빛과 언어들이 반짝이는 것을 보며
오래된 노래들을 떠올린다.

먼 훗날 이 계절의 언어들
어떤 목소리로 되살아올지 알 수는 없지만

우리에겐 아직 끝나지 않은 노래가 있다.

2025년 3월
이기성

창비시선 515

감자의 멜랑콜리

초판 1쇄 발행 / 2025년 3월 25일

지은이 / 이기성
펴낸이 / 염종선
책임편집 / 한예진 박문수
조판 / 신혜원
펴낸곳 / (주)창비
등록 / 1986년 8월 5일 제85호
주소 / 10881 경기도 파주시 회동길 184
전화 / 031-955-3333
팩시밀리 / 영업 031-955-3399 편집 031-955-3400
홈페이지 / www.changbi.com
전자우편 / lit@changbi.com

ⓒ 이기성 2025
ISBN 978-89-364-2515-9 03810